과분한 사랑 주심에
항상 감사드립니다!

GARBAGE TIME

DASAN
COMICS

매일매일 새로운 재미, 가장 가까운 즐거움을 만듭니다.

한국을 대표하는 검색 포털 네이버의 작은 서비스 중 하나로 시작한 네이버웹툰은 기존 만화 시장의 창작과 소비 문화 전반을 혁신하고, 이전에 없었던 창작 생태계를 만들어왔습니다. 더욱 빠르게 재미있게 좌충우돌하며, 한국은 물론 전세계의 독자를 만나고자 2017년 5월, 네이버의 자회사로 독립하여 새로운 모험을 시작하였습니다.

앞으로도 혁신과 실험을 거듭하며 변화하는 트렌드에 발맞춘, 놀랍고 강력한 콘텐츠를 만들어내는 한편 전세계의 다양한 작가들과 독자들이 즐겁게 만날 수 있는 플랫폼으로 거듭나고자 합니다.

#**18**

가비지타임

글·그림 **2사장**

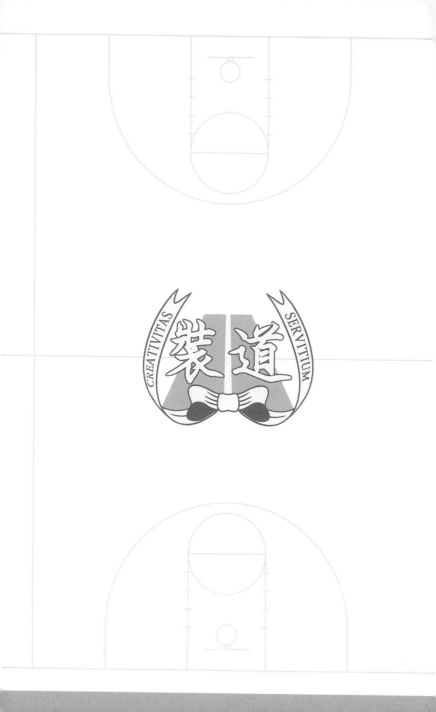

CONTENTS

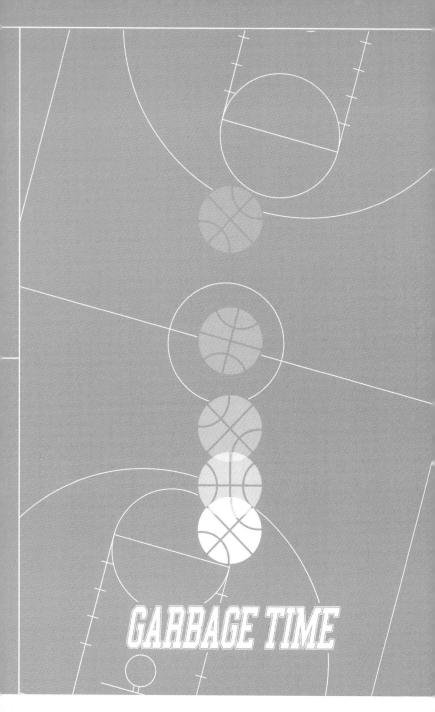

GARBAGE TIME

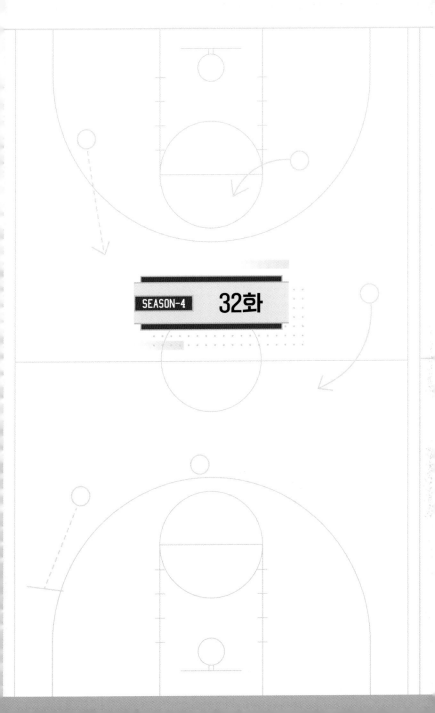

SEASON-4 32화

GARBAGE TIME

니가 계속
실점하는 바람에
지는 게임이야.

아니,
그렇잖아?

딱히 기술이
있는 것도
아니고

재능도 없어.

아무도
너랑 같이
뛰고 싶어 하지
않을걸?

그런 식으로 하는
농구가 뭐가 재밌다고
여기 붙어 있는지
모르겠네.

너한텐
아무런 미래도
없어.

헤이!

오!

10

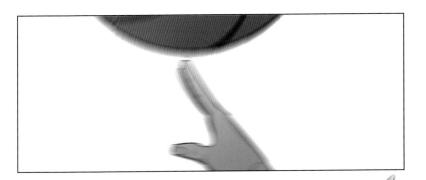

패스 길이
아무 데도 없다는
생각이 들 때,

빅맨의
압도적인 높이를
활용한

전매특허

랍패스!

드, 드래곤 스매셔 덩크…?

봤느냐!?

이것이…

드래곤 스스스…매셔 덩크다!!!

지상고가 4쿼터에 들고나온 이 대 이 패턴이 장도고 상대로 엄청 잘 통하는데요!?

4쿼터 시작하기 전에 지시한 건가?

뭐 어쨌든 계속 득점에 성공하고 있어요!

20

패턴이라기보단…

시작점만이
세팅되어 있는

이 대 이가
아냐.

삼 대 삼
플레이다.

시작은
볼 핸들러와
스크리너.

여느
이 대 이 플레이와
다를 바 없지만

여기에 스크리너를
한 번 더 스크린하는
움직임이 추가되는
순간

세 가지 찬스가
거의 동시에
만들어진다.

첫 번째 옵션.

진재유가
직접 득점.

진재유가
스크린을 타고
빠르게 돌파를
성공한 경우

두 번째 옵션,

밑선의
수비가 진재유를
가로막는 경우

골 밑으로
침투(롤)하는
공태성의 압도적인
타점을 활용한

랩패스.

세 번째 옵션.

안쪽에 세 명의
수비가 몰렸다거나,
상황이 여의치 않은
경우

스크린 이후
바깥으로 빠져나간(팝)
김다은이 점프슛.

요약해서
쉽게 설명하자면,

스크린에
걸리는 순간

수비 측은
삼지선다 상황에
처하게 된다는
말이다.

만약 양쪽 코너의
수비자 중 하나가
이 삼지선다 상황에
개입한다면

당연히

네 번째,
다섯 번째 옵션.

양쪽에서
3점슛.

단순하지만

코트 위의 다섯 명 전원에게 득점 찬스를 만들어줄 수 있는 전술이지.

다만 이 플레이를 실행하기 위해선 먼저 두 가지 조건이 만족되어야 한다.

볼 핸들러인 진재유가

첫 번째로

자신의 등 뒤로 움직이는 김다은,

골 밑으로 침투하는 공태성과 더불어

코트 양쪽 끝의 슈터들까지 동시에 인지할 수 있는 코트 비전을 지니고 있어야 하며

둘째로는

앞서 말한
다섯 가지 옵션 중

가장 확률 높은
선택지를 1초 이내로
가려낼 수 있는

디시전 메이킹
능력 또한 갖추고
있어야 한다.

이 조건들을
만족하고

이 플레이를
수행할 수 있는
가드는

전국
고등학생 중에

오직 진재유
단 한 명뿐일 거다.

일명
'스페인 픽앤롤'.

현성이 녀석…

이제야
진재유를

백 퍼센트
활용할 수 있게
됐군.

31번 오픈!

아악~!
까비!

이런 씨…!

괜찮아!

과정은
잘 만들었어!

애초에

내
실력 따위로

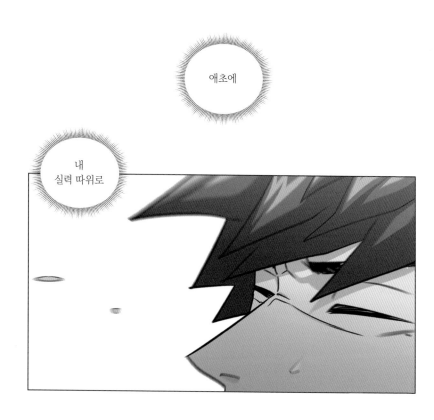

최종수를
혼자 막아내는 건

태성 햄의
블록이 도착할

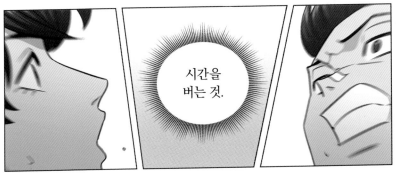

시간을
버는 것.

GARBAGE TIME

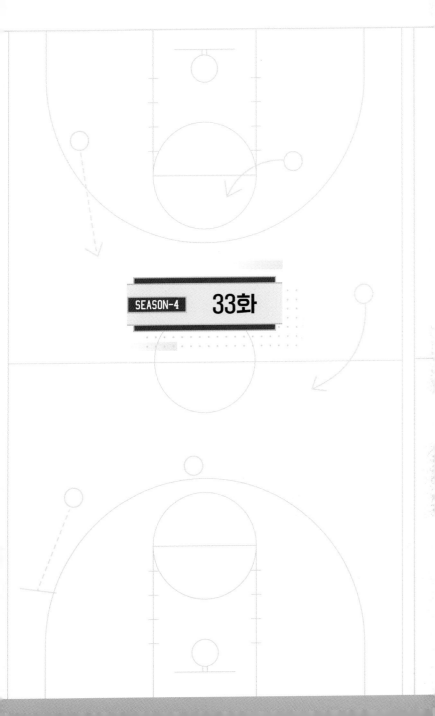

SEASON-4 33화

GARBAGE TIME

최종수는

아무리
강한 컨테스트가
들어온다 해도
절대 흔들리지 않아요.

절대 블록당하지
않을 거란 확신이
있기 때문이에요.

그러니까

태성 햄

딱
한 번만이라도
좋으니까

41

게임 끝날 때까지 계속 똑같은 거로 두드릴 작정인가…

하긴 제대로 막질 못하고 있으니.

다행인 건

한동안 슈팅 기회를 잡지 못해서인지 성준수의 슛감이 좋지만은 않다는 거.

지금은 차라리 기상호가 더 위협적이야.

일단은

성준수
쪽으로

패스를
유도한다.

바로
3점—

46

준수 형…

너무 조급해 보이지 않아요?

샷클락도 많이 남아서 애매하면 돌파하거나 다음 찬스 봐도 됐을 텐데.

조급해 보인다니.

그냥 보통의 성준수잖아.

4쿼터 되니까 또 영웅병이 도진 거분이야.

07 : 25

작도고   지상고

4

68 : 61

7점 차.

언뜻 보면 큰 차이가 아닌 것 같아 보이지만 꽤 오랫동안 점수 차에 변화가 없는 상황인데다

상대는 무려 장도고야. 남은 7분도 그리 넉넉하게 느껴지진 않을걸.

결국

자기가 3점을
넣지 않으면
쫓아갈 수 없겠다
생각하고 있겠지.

하지만

아쉽게도

우리랑
할 때만큼의 슛감을
다시 바라는 건

좀…

양심
없는 거지.

태성 햄

제가 최종수의
슈팅 타이밍을
최대한 늦춰볼 테니

힘들겠지만

남은
시간 동안

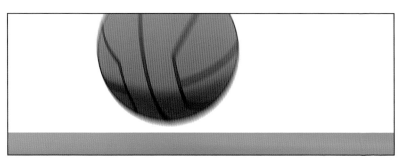

온다!

슬슬
하나쯤

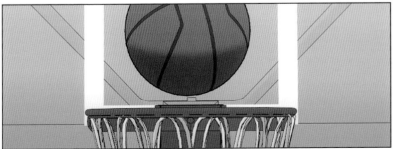

농구

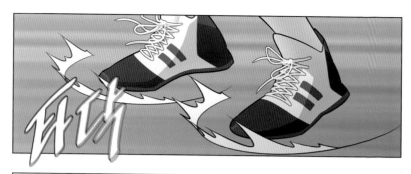

혼자
하는 건

재미없는데.

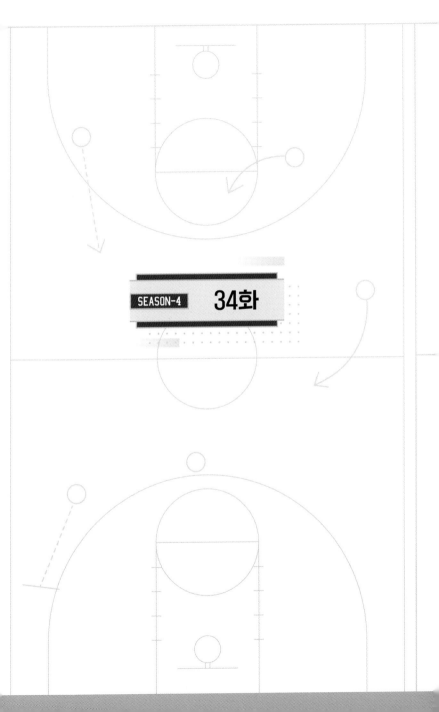

SEASON-4 34화

GARBAGE TIME

07 : 01

장도고   지상고

4

68 : 63

우,

우와아앗!!!

풋백
덩크!!!

23번 탄력
무슨 일이야!?

덩크
세 개째!

아니
진짜…!

23번 왜
아무도 박스아웃
안 해!?

미안.
난 밖에
보고 있었어.

……

헤이!

속공
3점!

앞으로
착하게
살겠습니다.

오늘같이
슛이 안 터지는
날엔 돌파도
덩달아 힘들지.

이런
상황에서

성준수 돌파력으로
이규를 뚫는 것도
무리야.

완전히
답이 없다고.

농구

혼자
하는 건

재미없는데.

숫이라는 게
다 그렇다 아이가?

아무리
좋은 슈터라도

어떤 날은 드가고
어떤 날은 안 드가고.

1쿼터
잘 떤지다가도
2쿼터는
안 드가고.

아니면은

슈팅 찬스 무산!

오늘 숏 안 던질 거야?

이규 따라붙었다!

오늘은 볼이 많이 무겁다.

내 혼자
떤지기
힘들만큼.

야.

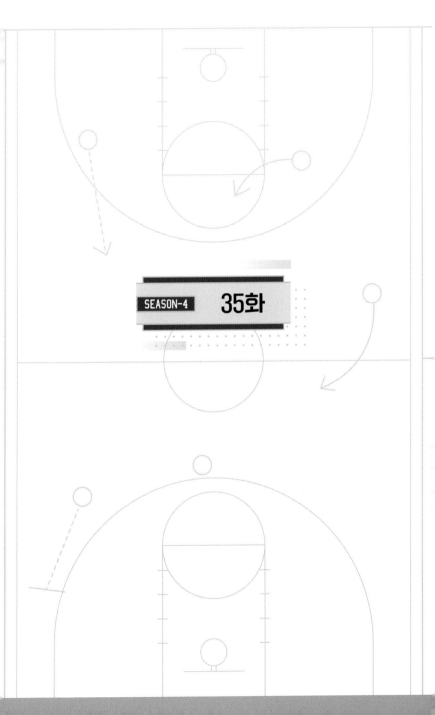

SEASON-4 35화

GARBAGE TIME

이번엔
파고든다!

헤이!

마무리!

리바!

하라고!!!

굿 파울!

6번 또
파울로 끊었어!

개인 반칙
아직 세 개째!

쳇,
망할 자식.

지 때문에 점수
이 모양인 것도
모르겠지.

자유투
1구!

또 미스!?

아 X 진짜!!!

오늘 평소보다 더 놓치잖아!?

승대. 너무 흥분했어.

한번 심호흡한 다음 이번엔 백보드 보고…

입 닥쳐. 한 마디만 더 하면 죽는다.

아 X발…!

백코트해!

푸핫!

자유투도
못 넣으면서
뭔 패스를 달래?

자유투고 뭐고
니가 처음부터
나한테 패스만
돌렸으면

지금쯤 쟤들
이미 파울 쌓여서
아무것도 못하고
있었어!

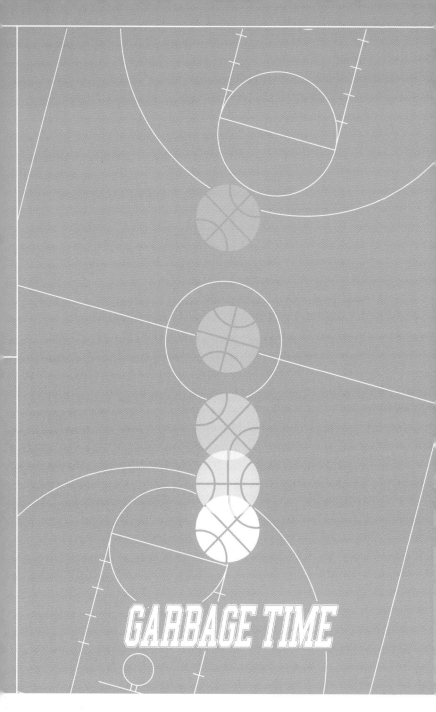

GARBAGE TIME

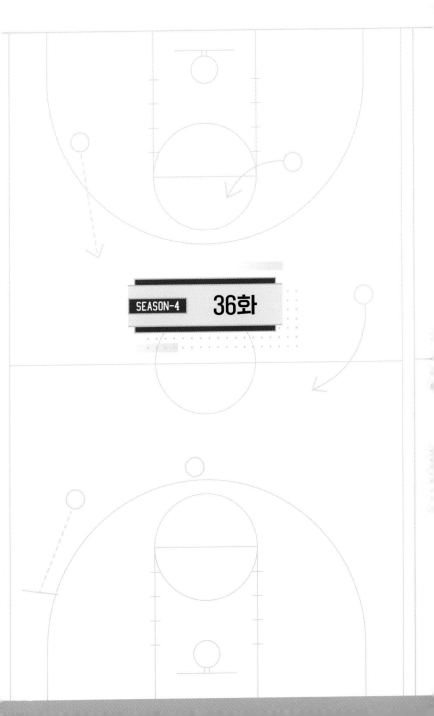

SEASON-4   36화

GARBAGE TIME

내가…

너네…

다…

이기게
해줬잖아…!

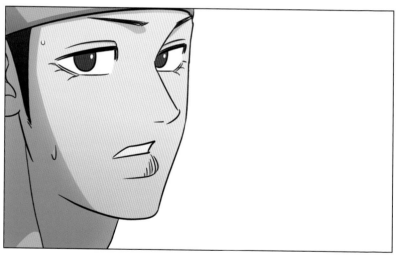

종수야.

자유투
2구 중
1구 성공!

06 : 10

장도고   지상고

4

71 : 66

백코트!

3점!

급해!

없다!

리바!

오케!

수비 성공!

장도고 공격이
너무 빨리
끝나는 거 같은데.

경기 중에
지들끼리
싸우지를 않나….

분위기도
개판이고.

타임아웃 한번 부르지.

이러다 진짜…

장도고가

지는 거 아냐…?

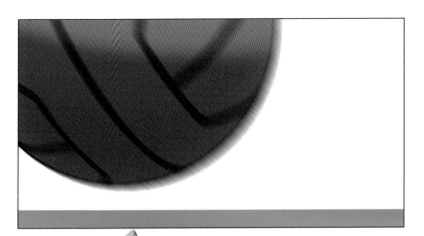

또 뚫었다!

특히

진재유가

자기 역할을
완벽하게 수행하고
있기에 가능한 거야.

128

이제 농구 할 맛 나겠네.

내 없어진 게

니한테 좋은 일이 됐네.

그제?

어.

니 말대로

새 역할이 생기면서 실력도 쫌 늘은 거 같고 재밌네.

근데 내는
니 있을 때도

똑같이
재밌었다.

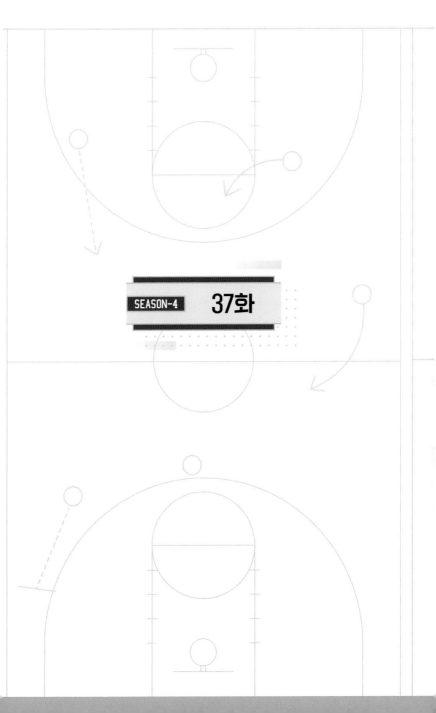

SEASON-4   37화

GARBAGE TIME

유니폼을
입은 사람이

전부…

내…

고등학교
지도자는

우승
많이 한다고
좋은 지도자가
아니야.

좋은 선수를
많이 키워내는 게
좋은 지도자지.

내가 제일
싫어하는 농구가
어떤 농구인지
알아?

포지션이
고정된 채로,
정해둔 패턴대로만
움직이는 주입식
옛날 농구.

그런 게
당장의 대회 성적에
도움이 될진 몰라도

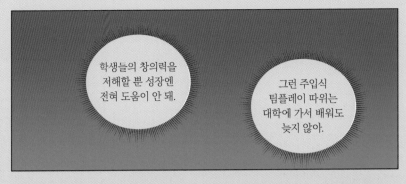

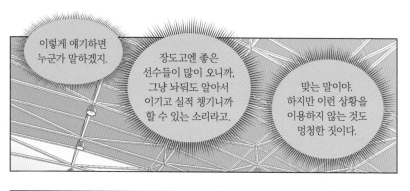

이렇게 얘기하면 누군가 말하겠지.

장도고엔 좋은 선수들이 많이 오니까, 그냥 놔둬도 알아서 이기고 실적 챙기니까 할 수 있는 소리라고.

맞는 말이야. 하지만 이런 상황을 이용하지 않는 것도 멍청한 짓이다.

내가 원하는 건

선수들의 성장을 최우선으로 생각하는 팀.

선수가 어떤 배경을 가졌든 간에 팀 내에서 공정하게 경쟁하고

서로가 자극이 되어 강해지는 팀.

쓸데없는 지시는 최소화,

선수들이 스스로 생각하며 플레이하는 것을 장려하고

설령 그것이 잘못된 플레이일지라도

스스로 시행착오를 겪어가며 성장할 기회를 주는 팀.

최종적으론

선수
한 명 한 명이
스스로 생각하며

전혀 예상 못 할
플레이를
만들어내는 팀.

144

아자앗!!!

말도
안 돼…!

경쟁이

도움이 될 거라
생각했을 뿐인데.

아직…

료지원

조금 더
손길이 필요한

장도고
타임아웃!

어린아이들이었던
걸까.

우뚝

들어가서
앉아.

……

옙…

......

......

수비에 대해
몇 마디만 하자면

일단

151

진재유는

이규가
마크한다.

…

그리고…

6번.

저 녀석은

152

153

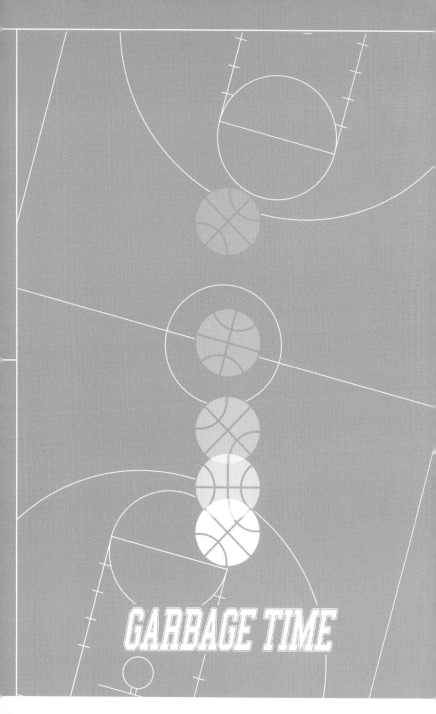

GARBAGE TIME

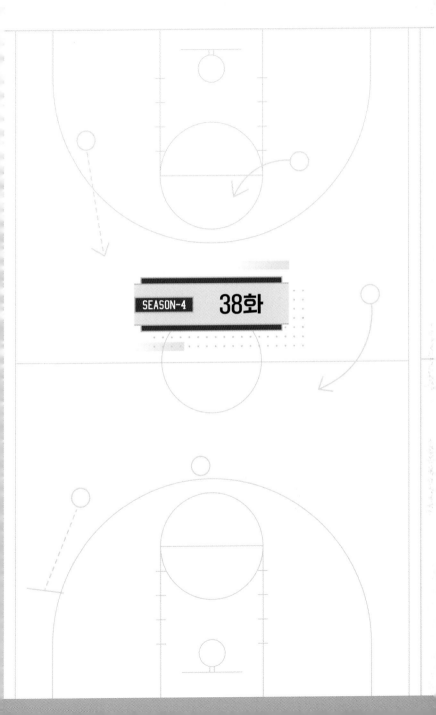

SEASON-4 38화

GARBAGE TIME

이런 상황에선
일반적으로

패스의 동선을
최소화하여

인터셉트를
피하기 위해

코너에 있던 슈터가
윙으로 이동해
패스를 받는 것이
일반적.

하지만
왜 6번은

인터셉트의 위험을
감수하면서까지

코너에
가만히 있어야
했을까?

6번은
왜

그 아슬아슬한
시간대에

수비 한 명을
날려놓고서

제자리에서
슈팅하지 않고

원 드리블
이후에

코너에서 슈팅을
던졌을까?

왜 오늘 6번의
3점 시도는

코너에만
치우쳐져
있었을까?

내가 항상
강조했지.

코트
위에서는

끊임없이
생각해야
한다고.

추가적으로

남은 시간
동안은

승대의
공격 비중을
늘린다.

오늘
경기는

절대
지면 안 돼.

자극과 압박이
성장에 도움이 되는
타입이라 여겼는데

완전히
잘못 짚었어.

종수야.

샘 봐봐.

미국에 가서
잘되려면

팀에 도움이
되는 선수가
되어야 해.

오늘 경기도
마찬가지고.

…

말했잖아요.

미국은
안 간다고요.

진심으로
한 얘기 아닌 거
알아.

영어도
그렇게 잘하면서.

혼자서 열심히
공부한 거지?
그치?

시간
다 됐습니다!

장도고
나오세요!

……

그 정도
영어는

누구나
다 해요.

패스!

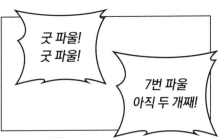

굿 파울!
굿 파울!

7번 파울
아직 두 개째!

염병,
이 자식들…

아직도
파울이 한참
남아 있어.

슈팅 파울!

2구 중
1구 성공!

05 : 18

장도고　　지상고

4

백코트!

72 : 71

칫…!

이래서는
남은 시간 동안
효율을 내기가
힘든데….

지상고
공격!

이거 넣으면
역전이다!

168

진재유
X라 잘해!!!

진재유!
진재유!

내가 진재유를
맡는 건

수비 중에
종수의 스태미나를
보존하는 의미가
전부일지도…

재유
너는

그때
무슨 생각 하면서
농구 했냐?

나한테
공 갖다주는 게
전부였으면서

그딴 게
뭐가 재밌었다는
거야?

그때
그 시간들도

너한테는…

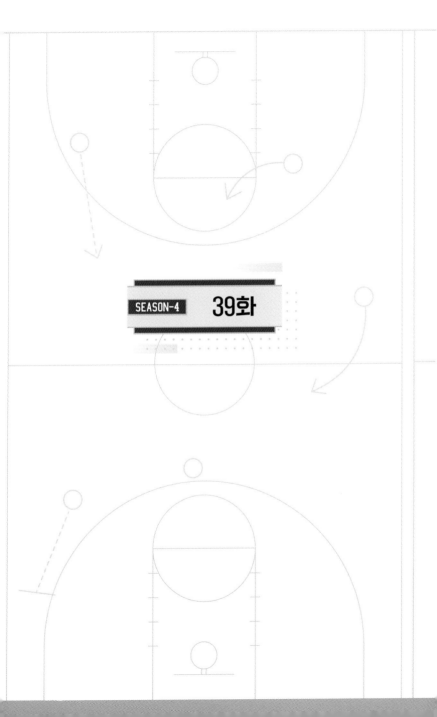

SEASON-4　　39화

GARBAGE TIME

굿샷~!

역시 장도고!

04 : 43

장도고　지상고

4

74 : 73

쉽게 당하고만 있지는 않는다!

임승대
굿패스~!

빈 곳
잘 봐줬어!

한심해….

저 자식은
그때부터
이미

자기 무기를
만들어가고
있었는데.

지금부터라도

따라잡아
줄게.

와씨
오늘 경기 수준
무슨 일이야!?

두 팀 다
계속해서 공격을
성공시키고 있어!

다시
임승대에게
볼 투입!

이렇게 되면
슬슬

생각이
복잡해지지.

진재유.

고맙다.

니가 해준
말 덕분에
이제 좀 감이 오네.

이렇게 상대 팀을
도와줘도 되는 거야?

씨익

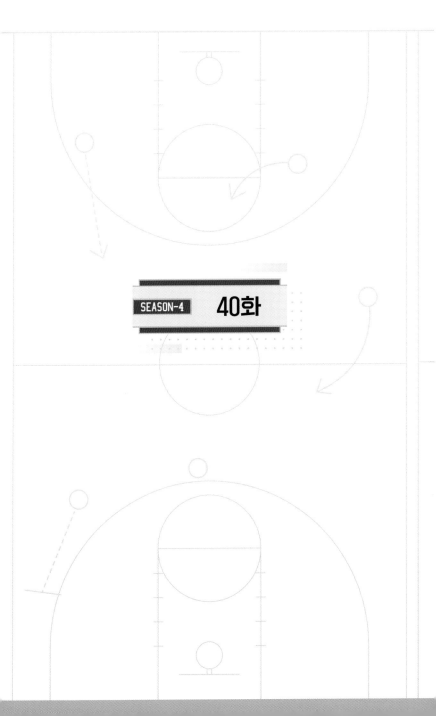

SEASON-4

40화

GARBAGE TIME

최종수
드라이브인!

급하다고…!

던졌다!!!

미스다!

리바운드!

쳐냈어!

볼 나갔다!

잡아!!!

오케!!!

야.

내가
도움이
안 되냐?

도움이
되려면

뭘 해야
되는 건데?

점수를
만들면 돼.

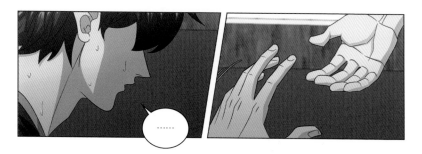

잘했다.

어, 나…?

어… 고마워.
("ㅇ";)

야.

다음 플레이
준비해.

빠르게
움직여야 돼.

샷클락 얼마
안 남았으니까.

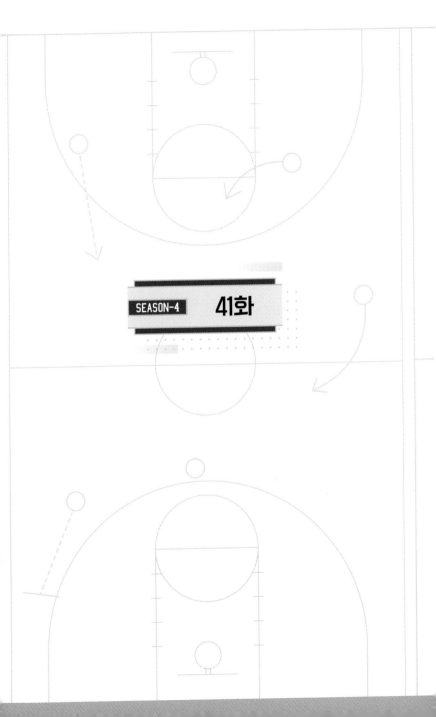

SEASON-4 41화

GARBAGE TIME

굿샷!!!

03 : 18

장도고   지상고

4

80 : 79

깔끔해!
깔끔해!

쳇…!

파울을
유도할 작정으로
일부러 속도를
늦췄어…!

최종수가
이 대 이 플레이를
즐기는 놈도
아니고

호흡을
많이 맞춰본 것도
아니지만

행위근절

우,
우오
오오
옷!!!

기상호…!

02 : 57

장도고   지상고

4

80 : 81

포스트업으로
득점!!!

왜들 그리 놀라시는 거죠…?

…?

포스트업은 FIBA 농구 규칙서 아래의 적법한 플레이입니다만.

너 이 자식…!

결국 그 금지된 어둠의 술법에 의존할 작정인 거냐…!

승리를 위해선 어쩔 수 없는 선택이었다.

컨셉 왤케 왔다갔다 거리는데?

하나만 해라, 하나만

스, 스위치!

으, 응!?

스크린
제대로 걸렸다!

속공!

247

오늘
경기는

결국 내가
해내지 않으면
이길 수 없어.

내가
증명하지
못하면

아니.

이기더라도

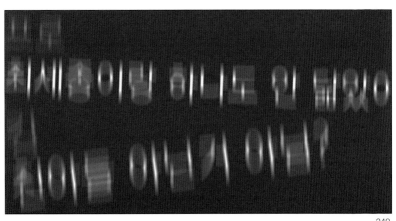

!?

19권에서 계속

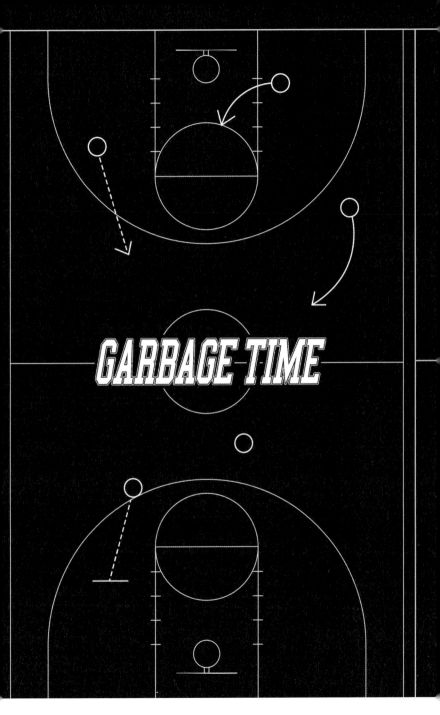

가비지타임 18

초판 1쇄 인쇄 2024년 9월 1일
초판 1쇄 발행 2024년 10월 15일

지은이 2사장
펴낸이 김선식

부사장 김은영
제품개발 정예현, 윤세미 **디자인** 정예현, 정지혜(본문조판)
웹툰/웹소설사업본부장 김국현
웹소설팀 최수아, 김현미, 여인우, 이연수, 장기호, 주소영, 주은영
웹툰팀 김호애, 변지호, 안은주, 임지은, 조효진
IP제품팀 윤세미, 설민기, 신효정, 정예현, 정지혜
디지털마케팅팀 지재의, 박지수, 신현정, 신혜인, 이소영, 최하은
디자인팀 김선민, 김그린
저작권팀 윤제희, 이슬
재무관리팀 하미선, 권미애, 김재경, 윤이경, 이슬기, 임혜정 **제작관리팀** 이소현, 김소영, 김진경, 박예찬, 이지우, 최완규
인사총무팀 강미숙, 김혜진, 지석배, 황종원 **물류관리팀** 김형기, 김선민, 김선진, 전태연, 주정훈, 양문현, 이민운, 한유현
외부스태프 리채(본문조판)

펴낸곳 다산북스 **출판등록** 2005년 12월 23일 제313-2005-00277호
주소 경기도 파주시 회동길 490
전화 02-704-1724 **팩스** 02-703-2219 **이메일** dasanbooks@dasanbooks.com
홈페이지 www.dasan.group **블로그** blog.naver.com/dasan_books
종이 더온페이퍼 **출력·인쇄·제본** 상지사 **코팅·후가공** 제이오엘엔피

ISBN 979-11-306-5624-3 (04810)
ISBN 979-11-306-5621-2 (SET)

다산북스(DASANBOOKS)는 책에 관한 독자 여러분의 아이디어와 원고를 기쁜 마음으로 기다리고 있습니다.
출간을 원하는 분은 다산북스 홈페이지 '원고 투고' 항목에 출간 기획서와 원고 샘플 등을 보내주세요.
머뭇거리지 말고 문을 두드리세요.